AF197994

Suhrkamp Theater

Wer ist eigentlich Antiope? Nach älteren Legenden Kind eines Flussgottes, nach jüngeren Tochter des Herrschers von Kadmeia, dem späteren Theben. In beiden Varianten läuft sie ihrem mächtigen Vater davon, um ihrer Lust und Neugier zu folgen. Dass die eigene Tochter seine Autorität nicht anerkennt, bringt das Selbstbild des Vaters ins Wanken. In narzisstischer Wut erteilt er seinem Bruder Lykos den Auftrag, Antiope hart zu bestrafen, und nimmt sich selber das Leben. Lieber tot sein, als die patriarchalen Verhältnisse infrage zu stellen. Dass das gleichnamige Drama des Euripides verloren ging, und damit Antiopes Geschichte aus dem Kanon fiel, passt zum Thema des Stücks.

Anne Jelena Schulte erfindet Antiope als schillernde, queere Figur, die Hass auf sich zieht und gleichzeitig subtile Faszination ausübt. Die Mauern werden hochgezogen, die Perspektiven verkleinert, der Fremdkörper domestiziert – ohne Erfolg. Antiope bleibt eigen. Der Theatertext beschreibt eine gesellschaftliche und politische Dynamik, die in vielen Demokratien hoch aktuell ist.

Antiope

Anne Jelena Schulte

Suhrkamp Theater

Erste Auflage 2025
Deutsche Erstausgabe
Antiope © 2024 Suhrkamp Verlag AG, Berlin
Uraufführung 18.04.2024, Schauspielhaus Hamburg,
Regie: Henry Morten Oehlert
Alle Rechte vorbehalten, insbesondere das der Aufführung durch
professionelle Bühnen und Amateurtheater, des öffentlichen Vortrags,
der Verfilmung und Übertragung durch Rundfunk und Fernsehen,
auch einzelner Abschnitte. Wir behalten uns auch eine Nutzung
des Werks für Text und Data Mining im Sinne von § 44b UrhG vor.
Rechteanfragen sind an den Suhrkamp Verlag zu richten:
theater@suhrkamp.de
Umschlaggestaltung und Satz: Studio HanLi, Berlin
Umschlagfotos: Max Zerrahn
Druck: C. H. Beck, Nördlingen
Printed in Germany
ISBN 978-3-528-43239-6

Suhrkamp Verlag AG
Torstraße 44, 10119 Berlin
info@suhrkamp.de
www.suhrkamptheater.de

Antiope

Personen:

Chor

Antiope

Shepherd (Hirte der königlichen Herden)

Nykteus/Asopos (Antiopes Vater)

Epopeus (König von Sikyon, evtl. Antiopes Lover)

Lykos (Nykteus' Bruder, Antiopes Onkel)

Dirke (Lykos' Frau, Antiopes Tante)

Amphion und Zetheus (Zwillinge, Antiopes Kinder)

1

*Im Khitairon brennt ein Lagerfeuer. Um das Feuer
sitzt ein Chor. In der Ferne heult ein Wolf. Oder mitten
unter ihnen.*

CHOR:
Ahuu. Wer ist das. Das ist Lykos, der Wolf. Ahuu. Lykos
sucht Antiope, den zugewandten Mond. Ahuu. Wo ist
Antiope. Lykos' Bruder ist tot, Lykos' Frau ist tot, das hat
Antiope getan. Und sie ist allen entwischt. Ahuu. Lykos,
fass. Wo ist der Hirte. Wir brauchen den Hirten. Der Hirte
hat das erste Wort. Wer sagt das. Das sagt Euripides. Der
Hirte hat das erste Wort im Drama um Antiope. Der zuge-
wandte Mond. Das ist ihr Name. Ahuu. Das ist Lykos, der
Wolf, der Antiope in seine Gewalt bringen will. Das ist die
Geschichte. Doch die Geschichte ging verloren. Euripides'
Drama Antiope ging verloren. Sie wurde nie gefasst. Und
darum ist sie immer noch da.

Kennt ihr diese Geschichte? Es war ein Junge, der schöpf-
te Wasser aus mondbeschienener Quelle. Der Junge
vergaß seinen Namen, seine Herkunft, sein Geschlecht,
die Bedeutung der Wörter. Er fiel zurück in eine Zeit,
bevor die Dinge benannt wurden. Er machte einen Sprung
in eine Zukunft, in der die Namen überwunden sind.
Der Junge löste sich auf. Der Junge fand zu sich. *Pause*

Ahuu, Antiope, der zugewandte Mond. Antiope, Tochter
des Asopos, sagen die Älteren. Tochter des Nykteus von
Kadmeia, sagen die Jüngeren. Antiopes Vater war Asopos,

der Flussgott, sagen die Alten. Antiopes Vater war
Nykteus, der Nächtliche, sagen die Jungen. Es kommt aufs
selbe heraus: Antiope hat sich über den Vater erhoben.
Sie ist aus Asopos' Flussbett gestiegen. Sie durchbrach
Nykteus' Nacht. Antiope, der zugewandte Mond, wanderte
allein in den Wald. Ahuu. Lykos hasst, wonach er sich
sehnt.

ANTIOPE:
Ich war immer schon da. Und bin es noch. Und komme
wieder.

CHOR:
Wer war das? Das war Antiope. Antiope. Mörderin ohne
Mord. Durch sie starb König Nykteus von Kadmeia. Ihr
eigener Vater. Durch sie starb Dirke, Lykos' Frau. Ihre
eigene Tante. Antiopes Söhne machten Geschichte. Doch
Antiope selbst ging verloren. Euripides' Antiope ging verloren. Und darum ist sie immer noch da. Wo ist Antiope?
Forscht. Recherchiert. Durchleuchtet den Schnee. Findet
den Özi. Findet das Drama von gestern. Das Drama
von gestern ist das Drama von heute. Werft die Such-
maschinen an. Ahuu. Shepherd. Wir brauchen eine Hand-
lung. Wer handelt, gewinnt. Wir brauchen den Hirten.
Der Hirte hat das erste Wort. Der Hirte hat das erste Wort
im Drama um Antiope. Du. Du bist der Hirte. Du erzählst
die Geschichte. Come on, Shepherd. Schieß los.

SHEPHERD:
Also gut, sagt der Hirte und gibt einen Schuss ab.

ANTIOPE:
Eine blutige Feder fällt in den Schnee. Worte sind Messer,
die das eine vom anderen trennen.

SHEPHERD:
Also gut. Ich bin der Hirte. Ich eröffne das Drama.
Und ich sage euch dies: Ich hab sie gesehen. Bei mir
suchte Antiope Zuflucht vor Lykos, dem Wolf.

CHOR:
Weiter so, Shepherd. Red weiter. Wie sah sie aus.
Wir wollen ein Phantombild erstellen. Antiope. Wanted.
Beschreib sie genau.

SHEPHERD:
Ich sage euch, wie Antiope aussah. Ich sag's euch genau.
Das hab ich im Schneehügel gefunden. Im Datenhügel
der Geschichte: Dem König Nykteus wuchs eine Tochter
heran, deren Anmut so groß war, dass man sich von ihr
wie von einem Wunder erzählte.[1]

CHOR:
Gut, Shepherd, sehr gut. So beginnt eine gute Geschichte.
Erzähl uns mehr. Come on. Beschreib ihre Wunder. Wir

---

1   Vgl. Marie Luise Kaschnitz

wollen sie packen. Eine packende Geschichte wollen wir. Du hast sie gesehen. Bei dir suchte sie Zuflucht. Erzähl uns mehr.

SHEPHERD:
Zuerst kam ihr Haar. Helles Haar. Hell wie der Mond. Es flog ihr voraus wie eine kalte Flamme. Wie ein verglühendes Ende.

CHOR:
Erst das Haar und dann der Rest. Wie soll man sich das vorstellen. Das geht nicht. Shepherd, das ist nicht schön.

SHEPHERD:
Aber so war es. Erst die Haare, dann sie selbst.

CHOR:
Immerhin. Sie war blond.

SHEPHERD:
Grau.

CHOR:
Wir haben blond verstanden.

SHEPHERD:
Quecksilber. Entschuldigt. Ich muss noch einmal von vorne beginnen.

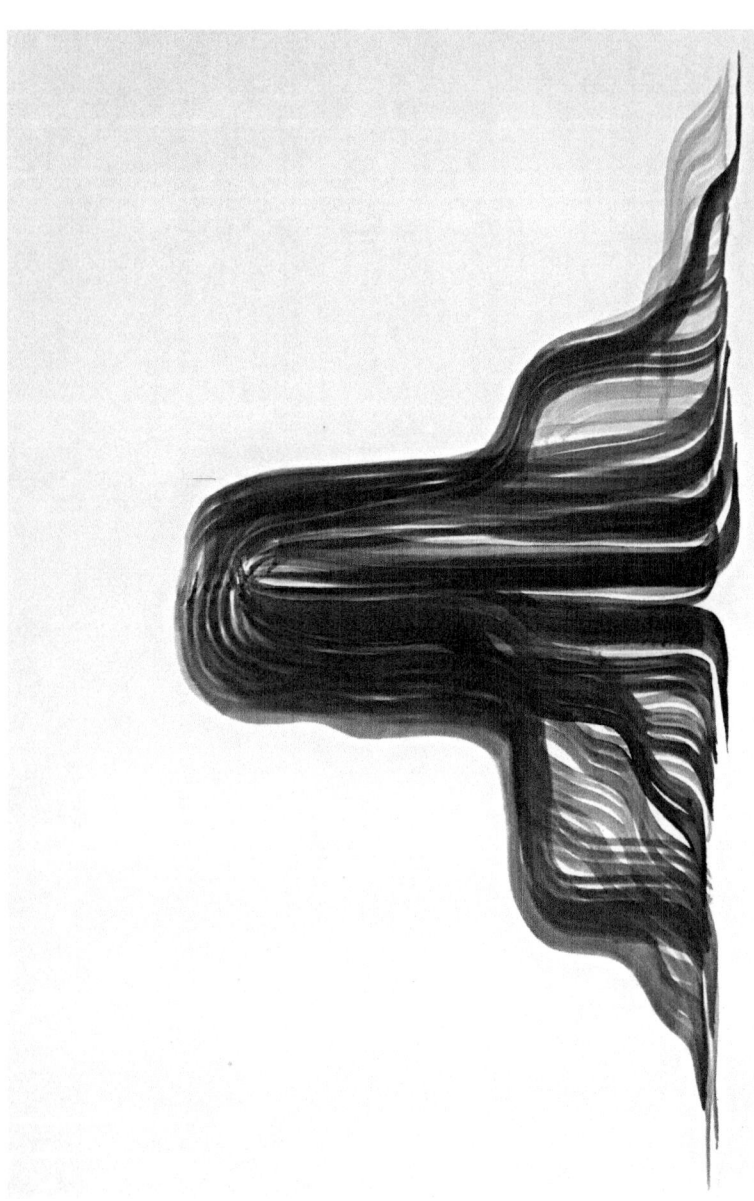

CHOR:
Aber dein Anfang war doch schon gut. Dem König
Nykteus von Kadmeia wuchs eine Tochter heran, schön
wie ein Wunder. Dem können wir folgen. Schönen
Töchtern folgen wir gern. Warum brichst du ab, wenn es
grad schön wird. Wohin soll das führen. Shepherd, ent-
täusche uns nicht.

SHEPHERD:
Ich muss weiter vorne beginnen. Ich muss weiter zurück.
Zurück in die Zeit, bevor sie zu mir kam. Ich muss weiter
nach vorn in der Geschichte.

CHOR:
Nach vorne zurück. Shepherd, come on. Du machst uns
wirr. Wir verlieren den Halt. Nimm Haltung ein und
dann ab durch die Story, bis sie erlegt ist. Bis wir Antiope
haben. Schieß. Schieß noch einmal. Wir hören. Nichts.
Nichts als das Rauschen unseres eigenen Blutes. Wo
bleibt der Knall. Shepherd, warum kneifst du die Augen
zusammen.

SHEPHERD:
Ich sehe ein Licht. Licht kriecht den Schneehügel empor.
Den Datenhügel. Den Grabhügel der Geschichte. Den
Khitairon.

CHOR:
Das ist Antiopes Haar. Es fliegt ihr voraus wie eine kalte Flamme. Wie ein verglühendes Ende. Gleich haben wir sie.

SHEPHERD:
Blau. Blaues Licht. Das Licht ist blau.

CHOR:
Antiopes Haar.

SHEPHERD:
Polizei. Ich sehe Polizeimotorräder. Sie flankieren die Limousine des King.

CHOR:
Hail! Hail! Hail! Hail to the King!

SHEPHERD:
Nykteus, König von Kadmeia, sucht seine Tochter. Oder nennt ihn Asopos, den Flussgott. Asopos sucht Antiope. Antiope, die sich aus seinem Flussbett erhob. Er sucht den Mond, der aus dem Wasser stieg.

CHOR:
Ahuu. Antiope. Wir kriegen dich. Wo fährt er hin? Wohin steuert die Limousine des King?

SHEPHERD:
Zu einer Pressekonferenz. Asopos will eine Ansprache halten. Eine Rede ans Volk. Eine Rede an uns.
Live gestreamt. Auf allen Kanälen.

CHOR:

Der Flussgott im Livestream. Asopos auf allen Kanälen. Asopos in unseren Venen. Asopos, god of the river. Hail hail hail. Hail to the king.

SHEPHERD:

Antiope hat sich aus Asopos' Flussbett erhoben. Antiope hat Nykteus' Nacht durchbrochen. Es kommt aufs selbe heraus: Antiope ist ihrem Vater entkommen. Sie ist nach draußen gesickert. Unter der Türschwelle, durch das Schlüsselloch hindurch. Das ist der Anfang von Antiopes Drama. Das geschah, bevor sie zu mir kam. In den Khitairon. Zum Shepherd.

CHOR:

Gut, Shepherd. Du hast einen Anfang gemacht. Dafür loben wir dich. Denn nur was einen Anfang hat, hat auch ein Ende. Antiopes Anfang ist Antiopes Ende. Die Tochter ist ihrem Vater entlaufen. Asopos auf dem Weg zur Pressekonferenz. Und jetzt. Was geschieht jetzt.

SHEPHERD:

Jetzt steht er am Rednerpult. Flusskieselweiß. Frisch desinfiziert.

4

CHOR:
Hail to the King.

SHEPHERD:
Alle Mikrofone richten sich auf den King. Alle Kamera-
augen. Ganz Kadmeia glotzt auf den Flussgott.

CHOR:
Hail! Hail! Hail!

NYKTEUS/ASOPOS:
Ich wende mich an alle Bürger von Kadmeia.

CHOR:
Ahuu!

ANTIOPE:
Der zugewandte Mond sitzt am Ufer des Flusses. Ich höre
jedes Wort. Das Wort des Asopos rauscht durch alle Kanäle.

NYKTEUS/ASOPOS:
Liebe Bürger von Kadmeia.

CHOR:
Saluto! Saluto romano!

NYKTEUS/ASOPOS:
Ehre sei Kadmos, dem Drachentöter. Ehre sei Kadmos, der
seinen Acker mit Drachenzähnen düngte. Ehre sei den

Soldaten, die auf Kadmos' Blutacker reiften. Kadmos' Kraft ist unsere Kraft. Kadmos' Tradition ist unsere Tradition.

CHOR:
Ahuu! Saluto!

NYKTEUS/ASOPOS:
Starke Männer sind unsere Ahnen. Sie haben Kadmeia errichtet, unsere Burg. Das ist unsere Geschichte. Das ist unser Anfang.

CHOR:
Hail! Hail to the King!

NYKTEUS/ASOPOS:
Nach Kadmos kam Polydoros, mein Schwiegersohn, doch er verstarb jung. Schwach war Polydoros, kein Drachentöter war er. Mit mir kehrte die Vätergeneration zurück. Das Drachentöterblut. Meine Stärke ist eure Stärke. Ich bin der King und ihr seid das Volk. Ich bin das Volk und ihr seid der King. Ihr seid Kadmeia und Kadmeia bin ich.

CHOR:
Hail! Hail! Hail! Hail to the King!

ANTIOPE:
And I am fucking moonlight.

NYKTEUS/ASOPOS:
Doch was ist Kraft ohne Anmut, Herrschaft ohne Schönheit. Ihr wisst, wen ich meine. Antiope, der zugewandte Mond. Meine Tochter. Wo sie war, begann Kadmeia zu funkeln. Die besten Männer boten sich an, mit ihr, also

mit uns, den Bund zu schließen. Seit gestern Nacht ist sie verschwunden. *Pause* Je stärker ein Mann, desto höher die Zahl seiner Gegner. Molti nemici, molto onore.[2]

CHOR:
Saluto! Saluto romano![3]

NYKTEUS/ASOPOS:
Antiope hat sich verändert. Sie hat sich entfremdet.
Im Strom des eigenen Vaters. Im Inneren der Burg.
Es heißt, sie hüllt sich ein in Quecksilberdampf.

CHOR:
Ahuu! Antiope, wir kriegen dich!

NYKTEUS/ASOPOS:
Mit dieser Ansprache wende ich mich an alle, die Antiope in ein verbrecherisches Abenteuer verstrickt haben. Jeder innere Aufruhr ist eine Bedrohung für Kadmeia. Nutzen daraus ziehen allein die Neider und ausländischen Kräfte, die meine Tochter für ihre Zwecke benutzen. Der Kampf um meine Tochter ist ein existentieller Kampf um unser aller Zukunft. Die Schlacht um die Zukunft fordert die Vereinigung all unserer Kräfte. Daher sind alle Handlungen, die unsere Einheit spalten, Verrat. Entsprechend hart wird meine Antwort sein.[4]

CHOR:
Hail! Hail! Hail to the King!

---

2 Benito Mussolini, Matteo Salvini. Übersetzung: »Viel Feind, viel Ehr'«
3 Italienischer Faschistengruß, auch von Neofaschisten verwendet
4 Wladimir Putin

5

CHOR:
Ahuu. Der Kampf um Antiope ist der Kampf um unsere
Zukunft. Unsere Zukunft ist der Kampf um unsere
Tradition. Unsere Tradition ist Kampf. Ahuu. Wir wollen
die Zukunft. Wir wollen den Kampf. Antiope, der zu-
gewandte Mond, hat Nykteus' Nacht durchbrochen. Sie
erhob sich aus Asopos' gewaltigem Strom. Sie gefährdet
Kadmeias inneren Frieden. Ahuu, Antiope, Tochter der
Polyxo. Die vielfach Fremde, das ist der Name von
Antiopes Mutter. Doch diese blieb still. Still und fremd
starb sie im Innern der Burg. Ahuu, Antiope. Wo lief sie
hin. Sag es uns, Shepherd. Wohin hat sie sich verflüchtigt.
Wohin ist sie gelaufen, bevor sie zu dir kam.

SHEPHERD:
In den Khitairon lief sie. Hinter die Grenzen von Kadmeia.
In unbeherrschte Gegend. Jenseits von Asopos' Einfluss-
gebiet. In den Wald ist sie gelaufen.

CHOR:
Gut geführt hast du uns. Ein guter Hirte bist du. Ein
Mädchen alleine im Wald. Jetzt wissen wir, wo es langgeht.
Wie das ausgeht, weiß jeder. Mädchen, Mädchen. Halt
deine Hand über den Drink. Sonst tropfen K.-o.-Tropfen
hinein. Mädchen, Mädchen. Bedeck deine Arme. Sonst
sticht dich die Spritze. Mädchen, Mädchen. Trink nicht
zu viel. Miete niemals Parterre. Trag keine Kopfhörer
beim Joggen. Meide den Wald auch am Tag. Mädchen,
Mädchen, Daddy holt dich jetzt ab. Daddy bringt dich

nach Hause. Denn sonst kommt der Wolf. Nykteus, der Nächtliche, verhüllt dich zu deinem eigenen Schutz. Ahuu, Antiope, wir kriegen dich. Ein Mädchen alleine im Wald. Nichts leichter als das.

SHEPHERD:
Sie ist im Wald. Aber sie ist nicht allein.

CHOR:
Ahuu. Bürger, organisiert euch. Bürger, zur Wehr. Im Wald weiß man nie.

NYKTEUS/ASOPOS:
I will always protect your rights to keep arms. We have gangs roaming the street. And they shoot people. They're illegally here.[5]

CHOR:
Voll Illegaler ist der Wald. Voll Fremder. Ein einziges Bahnhofsviertel ist der Khitairon. Und Antiope. Die Tochter des King. Unsere Zukunft. Mittendrin. Mitten im Sumpf. Ahuu. Schwarzhemdenstreife. Patriotenpatrouille. We have to be strong. What's going on. Nebel. Wir können nicht sehen. Quecksilbernebel. Wir verlieren den Pfad. Wir kommen vom Weg ab. Ahhu. Die Dinge ver-blassen. Die Schatten werden scharf. Flüstern. Wir hören es flüstern. Ein Flüstern im Hügel der Geschichte. Im Datenhügel. Eine Gestalt. Wer ist das.

SHEPHERD:
Epopeus aus Sikyon, sagen die Jungen. Zeus in Gestalt

---

5   Donald Trump

eines Satyrs, sagen die Alten. Es kommt aufs selbe heraus:
Er ist nicht aus Kadmeia.

CHOR:
Molto nemici, molto onore.

6

Im Khitairon. Auf einem Rave. Oder inmitten des stillen, nächtlichen Waldes.

ANTIOPE:
Alles fließt zusammen im Quecksilberlicht. Unbekanntes tritt hervor aus dem Bekannten. Wer bist du.

EPOPEUS:
Epopeus, der alles überblickt, das ist mein Name.

ANTIOPE:
Der alles überblickt, ist wie die Sonne, die das eine vom anderen trennt. Der alles verhüllt, ist wie die Dunkelheit, die nichts unterscheidet. Beide bringen nichts Neues hervor.

EPOPEUS:
Und wer bist du?

ANTIOPE:
Antiope.

EPOPEUS:
Antiope, Tochter des Nykteus. Alle reden von dir. Es heißt, dir kann sich niemand entziehen. Es heißt, du bist verschwunden. Was machst du allein im Khitairon, Tochter des King!

ANTIOPE:

Ich rauche mein Quecksilberpfeifchen und schau dabei zu,
wie das Vertraute fremd wird und das Fremde vertraut.
Da hinten zum Beispiel steht ein lichtzarter Junge.
Und dort eine baumstarke Nymphe.

EPOPEUS:

Und was siehst du in mir?

ANTIOPE:

Vieles zugleich. Ich sehe den König von Sikyon. Und ich
sehe einen Satyr mit riesigem Schwanz.

EPOPEUS:

Ich könnte jetzt alles tun mit dir, auch das Schlimmste.

ANTIOPE:

Alles ist möglich im Quecksilberlicht und manchmal alles
zugleich.

EPOPEUS:

Hast du denn keine Angst?

ANTIOPE:

Doch.

EPOPEUS:

Lauf zurück nach Kadmeia. Dort bist du sicher. Ich halt
dich nicht fest.

ANTIOPE:

In der Burg meines Vaters gibt es mich nicht. In der Burg

meines Vaters gibt es nur meinen Vater. Willst du wissen,
wie die Liebe entstand?

EPOPEUS:
Stieg sie nicht aus einer Venusmuschel?

ANTIOPE:
Die Liebe entstand aus dem abgehackten Schwanz des
Patriarchen. Uranos' Sohn schnitt seinem Vater mit einer
Sichel den Schwanz ab. Denn Uranos hatte seiner Frau
Gaia das Gebären verboten. Er zeugte und zeugte,
aber keines der Kinder durfte ans Licht. Nicht ans Licht
bringen durfte Uranos' Frau all das Leben in ihrem Bauch,
denn Uranos wollte der Einzige sein, für immer der
einzige King. Keine andere Zukunft sollte es geben als
ihn und immer nur ihn. Aber Gaias Schmerzen wurden
zu Stahl, und aus dem Stahl formte sich eine Sichel,
und damit hackte eines der Ungeborenen dem Vater den
Schwanz ab. Jetzt konnten die Kinder hinaus in die Welt,
und sie warfen den Schwanz des Patriarchen ins Meer,
und das Meer schäumte rot auf. Und in dem Schaum
bildete sich die Haut der Aphrodite.

7

Kadmeia auf dem Weg in den Khitairon.

CHOR:
Ahuu, sie träumen von der Entmachtung des King. Ahuu,
sie bedrohen Kadmeia. Jetzt räumen wir auf. Wir räumen
den Wald. Wir schicken die Mädchen fort aus dem Wald.
Alle, die sich Asopos' Einflussgebiet entziehen, sind
Mädchen. Indigene sind Mädchen. Klimaschützer sind
Mädchen. Partisanen sind Mädchen. Fremde sind
Mädchen. Schmeißt die Kettensägen an. Wir betreiben
jetzt Agricultura. Der Wald gehört der Agro-AG. Das
ist unsere Kultur. Wir zünden ihn an. Wir befolgen den
Aufruf des King.

ASOPOS:
Dies ist der Tag des Feuers![6]

CHOR:
Und auf die abgebrannten Flächen stellen wir die Herden
des King. Wir schlachten und exportieren das Fleisch.
Ahuu. Wir werden den Wald wirtschaftlich erschließen.
Wir werden ihn erschießen. Feuer! Bis er kein Wirt
mehr ist. Bis nichts mehr in ihm treibt. Dann hat Antiopes
Treiben ein Ende. Hört. Hört die Befehle des King.

ASOPOS:
Im Wege des Sofortvollzuges sind die baulichen Anlagen

---

6 Aufruf von Jair Bolsonaros Unterstützern

in Gestalt der Baumhäuser zu räumen. Ihr Baumhaus
verfügt nicht über die erforderlichen Rettungswege.
Die Verkehrssicherheit ist nicht gegeben. Sofern Sie das
Baumhaus nicht freiwillig räumen, erfolgt die Anwendung
von Zwang.[7] Liebe Bürgerinnen und Bürger. Hier spricht
Asopos. We will safely drill for the billions of barrels of oil
that are warehoused underground, including our offshore
sources. We will drill here and drill now. Drill, baby, drill.[8]

CHOR:
Drill, baby, drill. Asopos hat alle Flüsse begradigt. Alle
Sümpfe hat er ausgetrocknet. Asopos im Livestream. Drill,
baby, drill!

ASOPOS:
We have the trillion trees program. We have so many
programs. I do love the environment. What I want is the
cleanest crystal clear water. The cleanest air. The climate
agreement, I took us out, because we would have to spend
trillions of dollars. They are going to take us away our
businesses. I will not sacrifice tens of millions of jobs,
thousands and thousands of companies because of the
Klimaabkommen. It would have destroyed our businesses.
So, are you ready?[9]

CHOR:
Viva! Viva la patria! Wir haben Aufwind. Wir fliegen.
Wir fliegen ganz oben.

---

7 Räumungsanordnung Hambacher Forst
8 Sarah Palin
9 Donald Trump

SHEPHERD:

Wir sitzen im Regierungsflieger. Wir betrachten von oben das Werk.

CHOR:

Saluto! Saluto romano!

SHEPHERD:

Das Areal, wo nur die am Rande des Gebirgs wohnenden Jäger einige Monate lang ein Nomadendasein der Vogeljagd widmeten, wird nun erschlossen. Wir sehen die parallelen Linien der neuen Ackerfurchen, erkennen den Zug der Haupt- und Seitenkanäle und wie sie sich bis zum Meere hinziehen, um dorthin das Sumpfwasser abzuleiten.

CHOR:

Long live Asopos, god of the river.

SHEPHERD:

Wir landen. An einer Stelle, wo siebzig Traktoren in zwei Reihen aufgestellt sind, um auf ein Zeichen loszurollen und die tausendjährige Erde zum ersten Male zu durchpflügen, lässt der duce uns zu sich rufen und weist auf die Arbeiter.[10]

ASOPOS:

I grew up with those people. They're the ones who do some of the hardest work, who grow our food, and run our factories, and fight our wars. They love their country in

10 Nach Emil Ludwig – Gespräche mit Mussolini

good times and bad, and they're always proud of Kadmeia.[11]

CHOR:
Hail! Hail! Hail! Hail to the King!

11   Sarah Palin

8

Im Innern der Burg. Im Arbeitszimmer des King.

ASOPOS/NYKTEUS:
Noch nie war Kadmeia so gefährdet. Die eigene Tochter
bricht aus der Burg aus. Die eigene Tochter bricht das
Gesetz ihres Vaters. Die Tochter, ausgerechnet die Tochter,
schwächstes Glied der Familie. Wenn die es wagt, wer wagt
es als Nächstes. Wenn die es schafft, was ist dann alles zu
schaffen. Wo ist Antiope. Ihr müsst sie finden. Weil sie die
Schwächste ist, ist sie unter unseren Feinden die Stärkste.

CHOR:
Zweitausend Fußballfelder pro Tag haben wir gerodet.
Kettensägen und Feuer. Dreißig Festnahmen, sieben
Verletzungen, zweiundsechzig Platzverweise. Alle Such-
maschinen haben wir angeschmissen. Alle Suchschein-
werfer. Doch wo es hell wird, wird Antiope blass. Wir
wissen nicht weiter. Wir brauchen den Hirten. Sag es uns,
Shepherd. Wo ist Antiope.

SHEPHERD:
Hier.

CHOR:
Was? Wo? Hier?

SHEPHERD:
Da. Da sitzt sie.

ASOPOS/NYKTEUS:
Der King dreht sich um.

CHOR:
Hier. Sie ist hier. Mitten unter uns. Im Arbeitszimmer
des King. Auf dem Stuhl des Präsidenten. Hinter dem
Schreibtisch des Duce.

ASOPOS/NYKTEUS:
Im Herzen der Burg. Im Herzen von Kadmeia, auf
Drachenblut errichtet. Das wagt sie.

CHOR:
Antiope ist heimgekehrt. Ganz ohne Zwang. Zurück in
Kadmeia. Sie ist wieder da. Einfach so. Hier sitzt sie.

ANTIOPE:
Hi.

CHOR:
Sie legt die Beine hoch. Antiope legt ihre Beine auf
König Nykteus' Tisch. Mitten auf die Staatsgeschäfte.
Und was für welche. Man sieht ihr den Wald an. Zwei
Stämme wachsen ihr aus dickem Bauch.

ANTIOPE:
Wassereinlagerungen. Das macht die Schwangerschaft.

ASOPOS/NYKTEUS:
Wer hat das getan.

ANTIOPE:
Was.

ASOPOS/NYKTEUS:
Wer hat dich geschwängert.

ANTIOPE:
Na ich. Ich hab das getan.

ASOPOS/NYKTEUS:
Wer noch.

ANTIOPE:
Die Alten sagen, Zeus war's, in Gestalt eines Satyrs.
Die Jungen sagen, Epopeus war's, der König von Sikyon.

CHOR:
Famiglia e natalità al centro della nostra agenda.[12]
The fetus is the property of the entire society.[13]
But our decisions on migration must be taken by the
people of Kadmeia and only by the people of Kadmeia.
Die Tochter des King schwanger mit dem Kind eines
Fremden. Fremdes schmuggelt sie in ihrem Bauch ins
Zentrum der Macht.

ASOPOS/NYKTEUS:
Antiope. Kommst zurück, als wär nichts passiert.
Du hast Kadmeias Mauern erschüttert, und das Beben
hält an. Was soll ich jetzt tun. Küss ich dir die Füße.
Bring ich dich um.

---

12 Giorgia Meloni. Bedeutung: Familie und Geburtenrate ins Zentrum unserer
   Agenda
13 Nicolae Ceaușescu

CHOR:
Ahuu. Wie sie sich räkelt. Ihr weiß leuchtendes Achselhaar widert uns an. Ihre blau gemalten Lippen noch mehr.

ANTIOPE:
I am fucking moonlight.

CHOR:
Statt sich dünn zu machen, macht sie sich fett. Als hätte sie nichts zu befürchten.

ANTIOPE:
Es ist Vollmond, Daddy.

CHOR:
Hängt in der Präsidentensuite rum, als wäre sie jemand. Die Beine auf dem Tisch wie ein Mann.

ANTIOPE:
Hilft gegen die Krampfadern.

CHOR:
Achselhaare bis zu den Knien.

ANTIOPE:
Und die Zukunft im Bauch. Es werden Zwillinge.

9

CHOR:
Ahuu. Antiope. Parasiten schleppt sie uns ein. Wir verlangen Konsequenzen. We're going to build a wall, folks.[14]
Wir verlangen nach Führung. Wir versammeln uns vor Kadmeia. Hail. Hail. Hail. Wo bleibt der King.

ASOPOS/NYKTEUS:
Der King tritt auf den Balkon.

CHOR:
Saluto! Saluto romano!

ASOPOS/NYKTEUS:
Der King grüßt nicht zurück.

CHOR:
We love you!

ASOPOS/NYKTEUS:
Der King bleibt stumm.

CHOR:
Stumm schaut er uns an. Stumm schaut der Flusskönig auf unsere stromlinienförmig gereckten Arme.

14 Donald Trump

ASOPOS/NYKTEUS:

Asopos nickt. Und dreht sich um. Es zieht ihn zurück zu seiner Tochter.

CHOR:

Ahuu. Antiope zieht ihn an. Woher hat sie diese Macht. Der Flussgott gehorcht. Er lässt sich fortziehen vom zugewandten Mond. Fort von uns. Shepherd, was geht hier vor.

SHEPHERD:

Schwer zu erkennen. Da liegt etwas. Etwas liegt zwischen Vater und Tochter. Ein Gegenstand. Er blitzt. Er blendet.

CHOR:

Ahuu. Ausblenden will sie ihren Vater aus der Geschichte. Shepherd, setz die Sonnenbrille auf. Siehst du jetzt besser. Sag schon. Was ist das für ein Gegenstand.

SHEPHERD:

Es ist – ein Brieföffner.

CHOR:

Ein Brieföffner bloß.

SHEPHERD:

Aber vielleicht. Vielleicht ist es auch eine Sichel aus Stahl. Gaias Schmerz.

CHOR:

Ahuu, Asopos! Schütze deine Männlichkeit!

SHEPHERD:

Ruhe. Er spricht. Asopos spricht zu seiner Tochter.

ASOPOS/NYKTEUS:
Du bist zurück. Und doch erkenne ich dich nicht.

ANTIOPE:
Weil du dich nicht mehr spiegeln kannst in mir.

ASOPOS/NYKTEUS:
Falls du zurückgekommen bist, um dich über fehlende Freiheit zu beschweren, Antiope. Dann erwidere ich, dass in meinem Staate die Freiheit nicht fehlt. Mein Staat schützt das Individuum, denn er ist ja Teil von ihm.[15]

CHOR:
Wir sind der King und der King ist wir. Wir ergießen uns durch den King und der King ergießt sich durch uns. Seine Stärke ist unsere Freiheit.

ASOPOS/NYKTEUS:
Kadmos, der Drachentöter, hat Kadmeia begründet. Seine Blutsoldaten haben Kadmeia errichtet. In dieser Kraft liegt unsere Freiheit. Denn der Starke braucht sich nicht zu fürchten. Keine Angst musstest du haben innerhalb meines Einflussgebiets.

ANTIOPE:
Um den Preis, gesichtslos in deiner Dunkelheit herum-zustehen.

ASOPOS/NYKTEUS:
Kadmeias schönste Zier nennt sich gesichtslos? Meine Tochter, meine Krone. Meine Macht gehörte dir, und mir

---

15 Aus *Mussolinis Gespräche mit Emil Ludwig*

gehörte deine Schönheit. Warum hast du das Band
zerrissen?

ANTIOPE:
Um in den Wald zu gehen. Sehen, was es noch so gibt.
Außerhalb der Mauern.

ASOPOS/NYKTEUS:
Um in den Wald zu gehen. Sehen, was es noch so gibt.
Du sprichst wie ein Kerl. Und so benimmst du dich auch.
Als hättest du nicht diesen abscheulichen Bauch. Antiope.
Der Glaube an meine Macht hält Kadmeia zusammen.
Aber du. Du hast aufgehört, an mich zu glauben. Du hast
mich vorgeführt. Und damit alles gefährdet.

CHOR:
Hail to the King!

ASOPOS/NYKTEUS:
Wenn ich fühle, wie der stream sich durch mein Flussbett
ergießt. Wenn ich mich dann daruntermische und mich
mitreißen lasse von den Massen, dann fühl ich mich als
Teil davon. Ein kollektiver Rausch. Vielleicht ist es auch
andersherum, und es ist der Rausch, der das Kollektiv
erschafft – und doch – aber – zugleich –

CHOR:
Beep. Störung. Wir hören nichts mehr. Eine Störung liegt
vor. Ausfall. Der König hat einen Ausfall.

SHEPHERD:
We apologize for the inconvenience.

ASOPOS/NYKTEUS:

Und doch – zugleich – spüre ich Ekel –

CHOR:

Auf der mondzugewandten Seite entsteht ein Flutberg.
Asopos weint. Und durch seine Tränen hindurch erkennt
der King verschwommen die Sichel. Die Sichel zwischen
Vater und Tochter. Ahuu, Asopos. Schütze deine Männlichkeit.

ASOPOS/NYKTEUS:

Deine Quecksilbrigkeit macht mich krank. Wer bist du,
Antiope? Abenteurerin? Partisanin? Vergewaltigtes
Mädchen? Wer ist meine Tochter? Eine Göttin, mächtiger
als ich? Ein Mann in Frauengestalt? Hasse ich dich dafür,
dass du es wagtest, meine Gesetze zu brechen? Oder liebe
ich dich für deinen Mut? Was ist es, das mich so traurig
macht, wenn ich dich anschau? Etwas in mir löst sich auf.
Und das darf nicht sein. Denn ich bin der King. Und du,
du bist bloß meine Tochter.

10

SHEPHERD:
Fort. Als der King wieder hochschaut, ist Antiope fort.
Durch das Fenster nach draußen gesickert.

CHOR:
Ahuu, Antiope!

ASOPOS/NYKTEUS:
Der King ballt eine Faust. Der King geht ans Fenster.
Der King schlägt dagegen. Er schlägt gegen die Scheibe.
Mit der ganzen Wucht seiner gewaltigen Flussgottmasse
schlägt er dagegen. Doch das Security-Glas hält stand.
Das Glas, das er einsetzen ließ zum Schutz vor seinen
Feinden. Tanto nemici, molto onore. Seine Handknochen
splittern. Auf den flusskieselweißen Boden tropft Blut.
Lykos! Bruder!

CHOR:
Ahuu. Der King ruft nach seinem Bruder. König Nykteus
ruft Lykos herbei. Der Nächtliche ruft nach dem Wolf,
denn das bedeutet Lykos' Name.

LYKOS:
Du blutest.

ASOPOS/NYKTEUS:
Bruder. Lykos. Fass. Zerr sie heim. Bring Antiope nach
Hause. Schwanger kam sie aus dem Wald zurück. Schwan-
ger von einem Fremden. Eben war sie noch hier, schon ist

sie wieder flüchtig. Lehr sie, wo sie herkommt. Lehr sie, wo sie hingehört. Räche mich. Und höre nicht damit auf. Hör niemals damit auf, mich zu rächen. Du bist der neue König von Kadmeia. Du bist der Nächste auf Kadmos' Thron. Vergiss das nie. Vergiss nie, in welcher Linie du stehst.

LYKOS:
Ahuu. Nykteus, Bruder. Was hast du vor.

ASOPOS/NYKTEUS:
Und dann nimmt Asopos die Sichel und schneidet sich die Pulsadern auf. Vielleicht lag auf dem Arbeitstisch des King auch eine Pistole, und an Nykteus' Schläfe klafft jetzt eine münzgroße Wunde. Der King fällt zu Boden. Der King krümmt sich wie ein Embryo. Wie ein Ungeborenes im Mutterleib liegt er im kieselweißen Office des King. Nykteus, oder nennt ihn Asopos, ist tot.

ANTIOPE:
Und durch das Security-Glas des Flusspalasts scheint der Mond.

CHOR:

Ahuu, Antiope. Steht jenseits der Scheibe und schaut auf den leblosen Körper des Vaters. Einsam im Garten steht sie. Mörderin. Krampfadrig. Schwanger. Allein. Grässlich. Grässliche Antiope. Grässliches Licht qualmt aus ihrer Pfeife. Lebende Schatten erzeugt sie. Kranke Sehnsucht löst sie aus.

ANTIOPE:

Sehnsucht nach dem Namenlosen.

LYKOS:

Neben den leblosen Körper im Office des King tritt jetzt Lykos. Antiopes Onkel. Aus gelben Augen starrt er auf seine Nichte hinter der Scheibe. Rache hat er geschworen.

CHOR:

Was war das? Wir sehen nichts mehr.

SHEPHERD:

Eine Wolke. Eine Wolke verdunkelt den Mond. Fort ist Antiope.

CHOR:
Kommt und geht, geht und kommt.

ANTIOPE:
Ich war immer schon da. Und bin es noch. Und komme wieder.

CHOR:
Shepherd, so geht das nicht weiter. So schnell sie sich verflüchtigt, so schnell sickert sie überall ein. Der Kampf um Antiope ist der Kampf um unsere Zukunft. Kadmeias Vergangenheit ist unsere Zukunft. The future is the past.[16] Wann kommt sie zu dir, Shepherd. Wann kommt sie zu dir mit vorauseilendem Haar auf der Flucht vor Lykos, dem Wolf.

SHEPHERD:
Noch nicht.

CHOR:
Wenn sie kommt. Dann bringst du sie in eine Fassung und lieferst sie aus. Antiope. Eine Geschichte mit Anfang und Ende.

SHEPHERD:
Da. Das war sie.

16 Slogan der ultrarechten Multimedia-Company »Red Ice«

CHOR:
Antiope?

SHEPHERD:
Jetzt gerade.

CHOR:
Sie rannte vorbei? Vorbei an der Felsenhöhle des Hirten?

SHEPHERD:
Sagen wir, sie lief.

13

Im Khitairon. Im Zwischenraum.

ANTIOPE:
Sagen wir, ich laufe. Mit schweren Beinen laufe ich durch
den Khitairon. Aber wohin? Wohin soll ich euch bringen,
für die es keine Bleibe gibt. Ich bringe euch fort. Fort aus
Kadmeia. Nach Sikyon, zu Epopeus. Epopeus gibt uns
Asyl, mehr nicht. Schwer seid ihr. Doch laufe ich weiter.
Ich trage uns weg.

Dabei wollte ich nie weg. Nicht um fortzulaufen, lief ich
in den Wald. Sondern, um zurückzukommen. Mit euch im
Bauch kam ich zurück. Sein Selbstmord war der Mordaufruf an uns. Sein Selbstmord war der Mordaufruf an unsere
Zukunft. Mit seinem Selbstmord rief er Lykos an die
Macht, noch finsterer als er. Lykos, mein Onkel, der nicht
schläft, bevor er mich und euch nicht in seinen Fängen hat.

Da schleichen sie. Aufgepeitscht von Nykteus' Blut. Blut
dampft aus Kadmeias Mauern. Mein Körper, Schlachtfeld
der Wölfe. Mein Körper in höchster Gefahr.

Ich setze mich. Ich kann nicht mehr. Ich setze mich
hierher. Ahuu, Antiope. Hört ihr die Wölfe heulen. Der
Khitairon färbt sich silberblau. Ist es Wasser oder ist es
fester Grund? Wer weiß das schon? Die Wölfe wagen
sich nicht weiter. Läuft dort ein Junge durch das hohe
Gras oder ist es nur der Schatten eines Vogels? Der weiße
Schleier einer Braut, aufgehängt an einem Ast. Oder ist

es eine Aschewolke? Hier sitze ich, und ich bin drei. Ich bin eine Frau mit schweren Beinen. Ich bin zwei Jungen, deren Füße noch nie den Grund berührten. Ich schweb zu zweit im Körper einer Frau allein im Wald. I am a moonlight love affair. I am the murderer of the night.

Ich stehe auf. Ich schlepp mich weiter, schlepp euch fort. Schwer seid ihr, die ihr selbst noch keine Schwerkraft spürt. Ich gehe auf in euch. Und ihr werdet in mir. Was wird sein, wenn man uns voneinander trennt? Wer seid ihr ohne mich und was tragt ihr von mir dann weiter in die Welt?

14

In Kadmeia.

CHOR:
Ahuu. Chain saw soundeffect. Lykos wirft die Ketten-
säge an. Das ist sein Gruß. Auf Nykteus, den Nächtlichen,
folgt Lykos, der Wolf. Kadmeias neuer King. Er wirft die
Kettensäge an, und wir, wir senden den Wolfsgruß. Ahuu.
Chain saw sound effect.[17]

LYKOS:
Wo ich bin, ist Nykteus' Blut. Der Kampf um Antiope hat
meinen Bruder das Leben gekostet. Er ist gefallen in der
Schlacht um die Zukunft. Denn die Schlacht um Antiope
ist die Schlacht um unsere Zukunft.

CHOR:
Chainsaw sound effect.

LYKOS:
Seinen Tod zu rächen ist unser Auftrag. Ein Mädchen hat
die Burg erschüttert. Ein Mädchen brachte Nykteus zu
Fall. Nehmt Witterung auf. Rächt König Nykteus. Rächt
unsere Tradition. Rächt unser Blut. Rächt Kadmeia.

CHOR:
Ahuu.

---

17 Inspiriert von dem argentinischen Präsidenten Javier Milei, der die
    Kettensäge als Wahlkampfmittel einsetzte

LYKOS:

Um uns zu schwächen, erfindet Antiope neue soziale Konflikte. Sie behauptet einen Kampf der Geschlechter, sogar das Geschlecht selbst stellt sie infrage. Um Kadmeias Bevölkerung zu kontrollieren, hat sie sich schwängern lassen von einem Fremden.[18] She has enacted policies that threw open our borders and put Kadmeia last.[19]

CHOR:

Antiope, wir kriegen dich.

LYKOS:

Der Erfolg eines Staates hat seinen Ursprung in einem starken Wurzelsystem.[20] Aus Drachenzähnen keimte unsere Kultur. Das sind unsere Wurzeln. You'll never take back our country with weakness. You have to show strength and you have to be strong. We rebuilt our military.[21] Wer versucht, uns zu hindern, soll wissen, dass das zu Konsequenzen führen wird, die es noch nie gegeben hat in der Geschichte.[22] Unser Gewissen ist absolut ruhig.[23] Dies wird der Sieg sein des Guten über das Böse, des Richtigen über das Falsche, in diesem Krieg werden wir zusammenstehen, vereinigter denn je.[24] I dadi sono gettati! Io chiamo il popolo alle armi per spezzare le catene del mare nostro! Popolo corri alle

18 Javier Milei
19 Donald Trump
20 Wladimir Putin
21 Donald Trump
22 Wladimir Putin
23 Benito Mussolini
24 Benjamin Netanyahu

armi![25] Kadmeia is at war. Wir erklären Sikyon den Krieg.
Wer Antiope beherbergt, beherbergt den Tod.

CHOR:
Chainsaw sound effect! Viva! Patria nostra tu, divina
Patria se chiami all'armi correremo uniti.[26]

ANTIOPE:
Jetzt haltet einfach mal die Schnauzen. Es reicht.

CHOR:
Ahuu. Antiope. Die Würfel sind gefallen. Die Ketten unseres Meeres gesprengt. Der Kampf um unsere Zukunft, der
der Kampf um die Vergangenheit ist, hat begonnen. Nichts
hält uns mehr auf bis zum Sieg. Chainsaw sound effect!

ANTIOPE:
Gleich dürft ihr weiterheulen. Stellt euch nur ganz kurz
mal vor, ich wär irgendein Mädchen. Und er. Er wär
irgendein Typ. Oder er ist ein Mädchen und ich bin ein
Typ oder wir sind beide Mädchen. Egal. Irgendein Paar.
Stellt euch vor, Antiope und Epopeus sind irgendein Paar.
Sagen wir, sie sind nicht in Sikyon, sondern in Yaffo. Ganz
kurz nur. Sagen wir, es ist die Zeit des Laubhüttenfests.

---

25 Benito Mussolini. Übersetzung: »Die Würfel sind gefallen! Ich rufe das Volk
   an die Waffen, um die Ketten unseres Meeres zu sprengen! Eile an
   die Waffen, Volk!«

26 Faschistische Hymne. Übersetzung: »Unser Heimatland, göttliches
   Heimatland, wenn du zu den Waffen rufst, eilen wir vereint.«

15

Vor der Altstadt Jaffas.

EPOPEUS:
Sagen wir, es ist spät am Abend.

ANTIOPE:
Sagen wir, wir machen einen Abendspaziergang an der Uferpromenade, und da steht eine Hütte, eine Laubhütte steht da, zu allen Seiten offen. Keine Wände hat die Hütte.

EPOPEUS:
Nur eine Lichterkette hängt darin.

ANTIOPE:
Wir gehen hinein. Vor uns der Ozean, links das Minarett einer Moschee, rechts die Skyline der Großstadt.
Sagen wir, wir drehen uns nach links und gehen weiter in die Altstadt.

EPOPEUS:
Sagen wir, die Pflastersteine glänzen hell durch die Nacht.

ANTIOPE:
Poliert von Generationen.

EPOPEUS:
Fisch-Restaurants. Shisha-Bars. Singende Touristen, nicht nur betrunken vom Sangría, sondern auch von irgendwas.

ANTIOPE:
Was.

EPOPEUS:
Von irgendwas anderem.

ANTIOPE:
Die Blumenteppiche über den Mauern duften stärker als sonst. Die Katzen sind anschmiegsamer als sonst. Fremde lächeln sich zu. In den Blicken irgendwas. Ein Aufleuchten von Leben. Irgendwas wie kurz vor einem Gewitter.

EPOPEUS:
Sagen wir, wir gehen zurück zum Meer.

ANTIOPE:
Wir klettern auf den Klippen herum.

EPOPEUS:
Ich klammere mich an einen Felsen.[27] Ich bin Andromeda. Ich hänge an Ketten.

ANTIOPE:
Ich auch, rufe ich, ich bin auch Andromeda. Wir alle sind Andromeda. Wir hängen an den Ketten unserer Ahnen. An unserer Vorgeschichte hängen wir.

EPOPEUS:
Von irgendwo weht Techno herüber.

---

27 Historischer Andromeda-Felsen vor der Altstadt Jaffas

ANTIOPE:
Da!, rufe ich. Da kommt Perseus über den Himmel
gerast, in geflügelten Schuhen, im Rucksack das Haupt
der Medusa.

EPOPEUS:
Perseus, ausgesetztes Kind einer verstoßenen Frau.

ANTIOPE:
Hier!

EPOPEUS:
Hier!

ANTIOPE:
Wir rufen Perseus herbei.

EPOPEUS:
Und Perseus schwenkt das abgeschlagene Haupt des
Monsters über Synagogen, Kirchen, Moscheen, über
Parlamenten und Börsen, über Väter und Vorväter, über
allen, die Andromedas Geschichte bestimmen, und jetzt –
die Geschichte hält an. Das Schicksal, weitervererbt
seit Tausenden von Jahren, hält an. Die Blutsoldaten fallen
um. Die Drachenzähne zerbröseln. Die Ketten fallen ab.
Was bleibt, ist eine Hütte. Zu allen Seiten offen.
Andromeda ist frei.

ANTIOPE:
Sagen wir, alles fließt zusammen, die Lichterkette, das
Minarett, die Skyline, der Felsen, und die Gischt ruft,
go, go for it, und von irgendwo Techno.

EPOPEUS:

Sagen wir, wir sind wieder zu Hause.

ANTIOPE:

Zu Hause ist eine kleine Garage auf dem Dach einer anderen Garage.

EPOPEUS:

Nur eine Dachpappe trennt uns vom Himmel. Sagen wir, zu Hause lieben wir uns wie nie.

ANTIOPE:

Aber später, sagen wir, um sechs Uhr dreißig, wird aus dem Flügelschuh ein Feuerschuh. Die Blutsoldaten haben sich erhoben. Drachenzähne durchpflügen die Äcker. Sagen wir, Sirenen. Sagen wir, um sechs Uhr dreißig hämmere ich auf deiner Bettdecke herum, Sirenen, das sind Sirenen, Luftalarm.

EPOPEUS:

Wir springen aus dem Bett.

ANTIOPE:

Wir schauen uns um.

EPOPEUS:

Wir kauern uns in die Ecke, möglichst weit weg vom Fenster.

ANTIOPE:

Wir setzen uns Fahrradhelme auf.

EPOPEUS:

Ganz in der Nähe eine Detonation.

ANTIOPE:

Nichts als eine Dachpappe trennt uns jetzt vielleicht noch vom Tod.

16

In Kadmeia. Im Keller der Burg.

DIRKE:
Psch, psch, Antiope.

CHOR:
Wer flüstert.
Dirke, die Gespaltene. Das ist ihr Name. Lykos' Frau.
Der Wolf und die Gespaltene, das ist das neue Herrscher-
paar. Lykos hat Sikyon besiegt. Lykos hat Antiope
nach Hause verschleppt. Zurück in die Burg. Wie er es
Nykteus versprach.

DIRKE:
Psch, psch, Antiope. Ich bin es. Tante Dirke.

CHOR:
Ahuu. Das Wolfsgebiss hat zugeschnappt. Antiope in den
Händen von Dirke. Antiope hat verloren. Alles hat sie
verloren. Ihren Vater. Epopeus. Ihre Kinder. Ihre Haare.
Kahl ist ihr Schädel.

DIRKE:
Psch psch, Antiope. Wach auf.

CHOR:
Sikyon. Zerstört. Epopeus. Tot. Er, der alles überblickt,
ist für immer erblindet.

DIRKE:
Psch, psch, Antiope.

ANTIOPE:
Wo sind meine Kinder.

DIRKE:
Wir haben sie dorthin gebracht, wo du sie gezeugt hast.
In den Wald. In den Khitairon. Weißt du's nicht mehr.
Geboren hast du sie auf unserem Rückweg von Sikyon
nach Kadmeia. Direkt in unsere Hände.

CHOR:
Kaum geboren, sind Antiopes Kinder Vergangenheit.
Ein Traumgespinst, begraben. An derselben Stelle, wo sie
sich vor ihrem Vater versteckte.

DIRKE:
Psch psch, Antiope. Kein Grund zu weinen.

ANTIOPE:
Zwillinge hab ich geboren, der eine zart, der andere stark.
Umarmt sind sie zur Welt gekommen. Ungleich, aber fest
umarmt.

DIRKE:
Psch, psch, kein Grund zu weinen. Denn jetzt wirst du
gesund. Du bist wieder daheim. Im Schoße der Familie.
Zurück in der Burg. Ganz bleich. Ich werde dich kurieren.
Hier, wisch die Tränen ab. Ein Taschentuch aus Leinen,
handbestickt mit meinen Initialen. Ich liebe Manufaktum.

ANTIOPE:

Sikyon habt ihr vernichtet, Epopeus getötet, meine Kinder
ausgesetzt. Warum muss ich weiterleben.

DIRKE:

Psch, psch Antiope. Ich verstehe die Frage. Du fragst nach
dem Sinn. Hier ist der Putzeimer. Kadmeia verschönern,
das ist dein Sinn seit deiner Geburt. Hier der Besen.
Hier der Lappen. Hier der Staubwedel. Hier der Kalk-
reiniger. Hier die WC-Ente. Hier Möbelpolitur. Hier der
Lederlappen für die Fenster. Hier der Staubsauger. Hier
die Rosenschere. Hier die Nähmaschine. Hier das Silber-
putzmittel. Hier der Fleckenteufel. Hier das Waschpulver,
Lavendel für bunt, Zitrone für weiß, Rosa für Wolle und
Seide. Hier der Badreiniger. Hier das Bügeleisen. Hier
das Garn. Hier der Klarspüler. Hier das Geschirrtuch. Hier
Porzellankleber. Hier Spülmaschinenreiniger. Hier
destilliertes Bügelwasser. Hier Blumensamen. Hier Raum-
erfrischer. Hier sind die Töpfe. Hier Einmachgläser. Essig-
reiniger. Mottenfalle. Hier der Entsafter. Hier stehen die
Vasen. Hier findest du Hefe. Hier der Ceranfeldschaber.
Hier sind Borten. Hier das Kehrblech. Lavendelsäckchen,
immer zwischen die Bettwäsche legen. Hier Nachfüll-
packungen für die Seifenspender. Hier Matratzenschoner.
Hier ist der Wäscheständer. Hier Mülltüten. Hier Eimer.
Hier hast du Nadeln. Hier die Frischhaltefolie. Hier
das Geschirr. Hier der Gemüseschäler. Hier der Wäsche-
trockner. Flaschenbürste. Hier das Rührgerät. Hier die
Küchenwaage. Hier die Kleiderhaken. Hier Knöpfe. Hier
der Wischmopp. Hier Parkettpflege. Hier Glasreiniger.
Hier Wäscheklammern. Hier der Biomüll. Psch, psch,
Antiope, bist du nicht dankbar, ein Dach zu haben, das

dich beschützt, und etwas zu essen. Lass mich dich
waschen. Hier ist das Wasser, und hier sind die Gurte.

ANTIOPE:
Gurte. Wofür Gurte.

DIRKE:
Nichts ist heilsamer für die Seele als feste familiäre
Bindungen. Du wolltest diese Bindung durchtrennen,
und nicht nur das. Du wolltest deinen eigenen Vater
entmächten. Wir haben alles mitgehört. Der Wald ist
voller Wölfe.

CHOR:
Ahuu, Lykos, Rächer des Nykteus. Alles, was an Antiopes
Ungehorsam erinnert: verboten. Quecksilber: verboten.
Versammlungen im Khitairon: verboten. Mondsymbole:
verboten.

DIRKE:
Tante Dirke biegt jetzt Antiopes Kopf nach hinten.
Tante Dirke bindet Antiope in dieser Position fest.
Tante Dirke tränkt einen Lappen mit Wasser. Immer
und immer wieder lässt sie aus diesem Lappen Wasser
in Antiopes Gesicht laufen, in Nase und Mund,
immer schneller, immer mehr und mehr Wasser.

ANTIOPE:
Ich möchte schreien. Doch mein Mund füllt sich mit mehr
und immer mehr Wasser. Meine Augen schwellen an.
Sie treten aus meinem Kopf wie bei einem Fisch. Stumm
wie ein Fisch sink ich herab, ich sinke nach unten. Ich
sinke und sinke. Ich sinke in das Flussbett meines Vaters

zurück, auf Kadmeias Grund. Dort steht er. Dort steht mein Vater, der Flussgott. Mit ausgebreiteten Armen. Papa!

DIRKE:
So ist es gut. In der Not rufst du nach deinem Vater, nach deinem Beschützer, so ist es gut.

ANTIOPE:
Er reckt seine Arme nach mir. Arme aus Stein. Ich weine. Ich weine um meinen Vater, der nicht nur anderen, sondern auch sich selbst Gewalt angetan hat. Er schaut mich an. Er will etwas sagen. Aber er kann nicht. Seine Zunge aus Stein versperrt ihm die Worte. Ich will ihn befreien. Befreien aus seiner eigenen Figur. Herausreißen will ich sein Herz, um es zu wärmen. Aber wie. Wie stell ich es an. Der Druck des Wassers nimmt zu. Mein Schädel droht zu zerplatzen. Ihm macht das nichts aus. Mein Vater, der Flussgott. Mein Vater, der King. Ein Monument, schon lange vor seinem Tod. Seine Gruft war Kadmeia von Anfang an.

17

Vor den Toren der Burg.

DIRKE:
Liebe Bürgerinnen und Bürger von Kadmeia.

CHOR:
Ahuu, jetzt spricht Dirke. We love you, Dirke!

DIRKE:
Wir hätten Antiope töten können. Stattdessen hilft sie nun, Kadmeia zu verschönern.

CHOR:
Da steht sie. Auf dem Marktplatz steht Antiope. An Ketten. Krumm. Ein Geruch aus Reinigungsmitteln und Schweiß.

DIRKE:
Antiopes Schönheit war Kadmeias Glanz. Die mächtigsten Paläste standen ihr offen. Doch sie ging lieber in den Khitairon. In unbeherrschtes Gebiet. Antiope hat Kadmeia verlacht. Und nicht nur das. Sie sagte, sie trägt die Zukunft in sich. Eine neue Generation. But when it comes to kids we have a duty. The responsibility to protect our children.[28]

28 Marjorie Taylor Greene

CHOR:

Ahuu, Antiope. Was ist aus ihr geworden. Sicheldünn.
Kinderlos. Ohne Mann. Ihre Herkunft, ihr Geschlecht,
völlig verblasst. Kaum zu erkennen. Sie, die alles besaß,
hat alles verloren. Sie ist am Ende. Antiope ist am Ende.

DIRKE:

This is what's happening when you're living in a moonlit
culture. Moonlightism is destroying everything that we
love. And that is why we have to do everything to stand up
against everything that is moonlit.[29]

CHOR:

Chainsaw sound effect! Chainsaw sound effect!

---

29 Lauren Boebert

18

Im Dunkeln.

SHEPHERD:
Licht aus.

CHOR:
Hä?

SHEPHERD:
Genug gesehen. Genug gehört. Genug. Es reicht. Genug.
Ich will das nicht mehr sehen. Genug. Ich habe genug.

CHOR:
Was bist du für ein Shepherd. Du sollst uns führen. Durch
die Story führen sollst du uns. Eine Fassung machen
und Ende. Ende mit Antiope. Ausgerechnet jetzt, wo sie
endlich gefasst ist, kurz vor ihrem endgültigen Ende,
brichst du ab?

SHEPHERD:
Jetzt knips ich das Licht aus.

CHOR:
Mach das Licht wieder an. Immer wenn es grad schön
wird, wirst du schwierig. Wir wollen es sehen. Wir wollen
sehen, wie Dirke Antiope foltert. Zwanzig Jahre Folter.
Zwanzig Jahre Versklavung. Sagt der Datenhaufen.
Der Grabhügel der Geschichte. Wir wollen das sehen.
Mach das Licht wieder an.

SHEPHERD:
Pscht. Ich höre Schritte.

CHOR:
Wer kommt.

SHEPHERD:
Tante Dirke.

CHOR:
Wo sind wir?

SHEPHERD:
Im Keller. Ganz unten sind wir.

CHOR:
Ganz nach unten sank Antiope. Bis in den Keller.
Bis ins Kellerverlies von Kadmeia. Im Licht einer Fackel
steht Dirke.

19

DIRKE:
Wo bitte geht's in den Wald.

ANTIOPE:
Antiope weicht zurück, soweit es die Ketten erlauben.

DIRKE:
Sag es mir, Antiope. Wo ist diese Lichtung. Mit den lichtzarten Jungs und den phallischen Frauen. Ich will auf
diesen illegalen Rave. Ich will schreien und rasen
und Dionysos feiern. Dionysos, Gott in Frauenkleidern.
Dionysos, alter Mann mit Weiberbrüsten. Dionysos,
geschlechtsloser Jüngling. Ich will jagen mit bloßen
Händen. Ich will saufen. Ich will zärteln. Ich halte die
Burg nicht mehr aus.

CHOR:
Ahuu, Shepherd. Wohin hast du uns gebracht. Das schauen
wir uns nicht an. Überspring diese Szene. Wo sind die
Männer. Wo ist Lykos, der Wolf. Wo bleibt der Ketten-
sägensound.

DIRKE:
Es ist kalt in der Burg. Es ist kalt zwischen Lykos und mir.
Antiope, ich will etwas tun, das ich nie zuvor tat. Sanft
möchte ich sein bis zum Vergessen. Rasen möchte ich, bis
ich vergehe. Antiope, sag mir den Weg. Wo ist die Lichtung. Sag's mir oder ich schlag dich wie niemals zuvor.
Ich möchte hier raus. Raus aus allem, was ich kenn. Wie du

mich anschaust. Ich hasse dich, Antiope. Von Anfang an habe ich dich gehasst, lange vor Nykteus' Tod. Dein silbriges Haar, deine blau geschminkten Lippen, dein schwangerer Bauch, deine verstörte und verstörende Art. Antiope, Tochter der Polyxo, der vielfach Fremden. Ich hab dich gehasst, weil du so allein warst. Ich hasse alleinstehende Frauen, und noch mehr hasse ich alleinstehende, schwangere Frauen, und noch mehr hasse ich alleinstehende, kinderlose, alternde Frauen ohne Geld. Sie sind entsetzlich, entsetzlich schutzlos sind sie. Ich hasse diese Schutzlosigkeit. Alles hättest du haben können, wärst du in der Burg geblieben, im Flussbett deines Vaters, alles hättest du genießen können, deine Schönheit, deinen Status, deine Kinder, aber du hast gegen die Vernunft gehandelt. Ich hasse deine Unvernunft. In den Wald gelaufen bist du, ein Mädchen, allein. Gesehen hast du im Wald, was du nicht sehen solltest, Antiope. Ich weiß, was dein Vater gefühlt hat, nachdem du zurückkamst, ich weiß es genau, denn ich fühle dasselbe. Ich liebe dich, Antiope.

ANTIOPE:
Du kriegst mich nicht. I am fucking moonlight.

SHEPHERD:
Und Dirke nimmt Antiope die Kette ab und holt aus zum Schlag. Die Kette kracht gegen die Mauern der Burg. Ein metallisches Krachen. Das Krachen verklingt. Stille.

ANTIOPE:
Einsam steht Dirke im Keller. Einsam und still. Still ist die Burg. Wo ist Antiope? *verschwindet*

DIRKE:

Wo ist sie hin. Sie ist mir entkommen. Leer. Kadmeia ist leer. Dirke beginnt sich zu fragen, ob sie das alles nur träumt, ob Antiope die ganze Zeit nur ein Traum war. Verrückt macht sie mich, schreit Dirke und rennt, sie schreit und rennt, schreit und rennt, rennt, rennt, schreit, schreit, schreit.

CHOR:

Wo rennt sie hin?

DIRKE:

In die unbeherrschte Zone. In den Khitairon. Zu den lichtzarten Jungs und den mächtigen Nymphen. Zu den dionysischen Festen.

CHOR:

Wo ist Antiope.

ANTIOPE:

In der unbeherrschten Zone. Im Khitairon. Auf der Suche nach dem Grab ihrer Kinder.

CHOR:

Tod und Wahnsinn bringt Antiope. Antiope, a poison pill. Die Geschichte dreht sich im Kreis.

SHEPHERD:

Jetzt sind wir endlich am Anfang. So fing unsere Suche an: Zu mir kam Antiope. Das Haar flog ihr voraus wie ein verglühendes Ende. Wie eine kalte Flamme. Antiope überholte sich selbst auf ihrer Flucht aus Kadmäa. Auf der Suche nach ihren Kindern.

CHOR:

Ahuu, Shepherd, sicheldünn und kahlrasiert. Woher hat
sie die Kraft zur Flucht. Und woher plötzlich dieses Haar.
Das ist doch nicht normal. Antiope ist nicht normal.
Antiope, a poison pill. The country is sick. It's sick.[30]
Ahuu. Es braucht eine Regierung. Einen Mann. Einen
Mann mit dem Fingerspitzengefühl des Künstlers und der
eisernen Faust des Kriegers. Einen sensiblen und willens-
starken Mann. Einen Mann, der das Volk kennt, der das
Volk liebt, es führt und es unterwirft.[31]

ANTIOPE:

Ich steige auf. Höher und höher. Über die Hügel des
Khitairon steige ich. Weit unter mir liegt Kadmeia. Weit
unter mir der Fluss Asopos. Weit unter mir die Burg.

CHOR:

Und wir werden den Mondschein erschießen.[32]

---

30 Donald Trump

31 Aus *Mussolinis Gespräche mit Emil Ludwig*

32 Aus dem italienischen Fascho-Futurismus

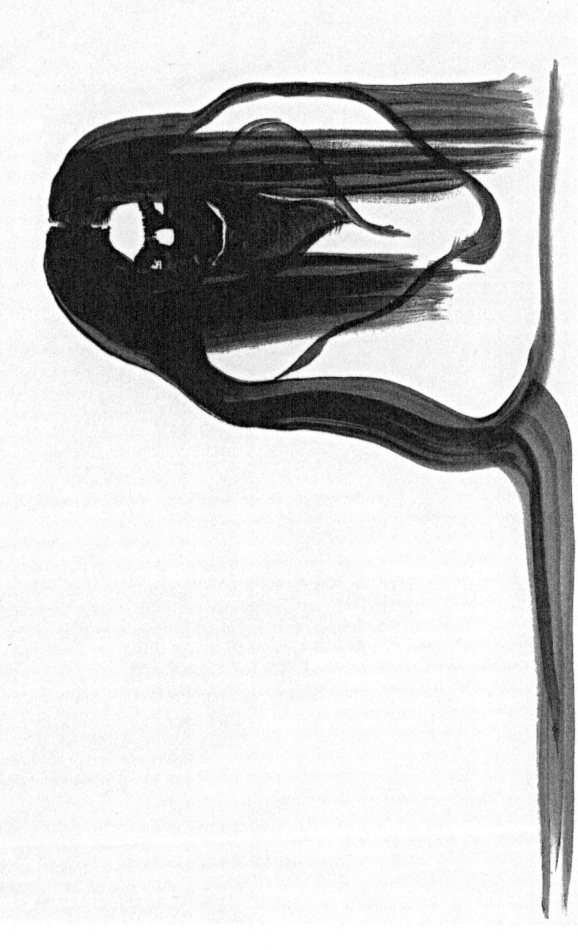

20

Im Khitairon.

SHEPHERD:
Antiope hält ein. Wo sie das Grab vermutete, stehen jetzt
zwei junge Männer. Zwillinge. Der eine stark, der andere
zart.

ANTIOPE:
Zwei Ungleiche, Arm in Arm.

CHOR:
Ahuu, Shepherd. Ihre Babys wurden ausgesetzt. Nach
Epopeus' Tod. Nach Sykions Zerstörung. Nach Antiopes
Verhaftung. Auf der Rückfahrt in die Burg. Allein im Wald.
Zwei Babys alleine im Wald. Tot. Sie sind tot.

SHEPHERD:
Der Shepherd räuspert sich. Der Shepherd nimmt einen
tiefen Atemzug. Der Shepherd schaut zu Boden. Der
Shepherd schaut nach oben. Der Shepherd schaut sich
um. Er schaut auf Antiope und die beiden Jungs. Er
kann nicht anders. Er muss lächeln. Er hat sie selber
großgezogen.

CHOR:
Der Hirte, ein Maulwurf. Hat er denn keine Angst? Hört
er denn nicht den Polarwolf? Er nimmt ihn mit in den
Norden, wo ihm sein Grinsen für immer gefriert. Ahuu.
Zwei Terroristen zog er groß inmitten der königlichen
Herde. Was Lykos sterben lassen wollte, hat er groß-

gemacht. Da stehen sie. Da steht Antiope und starrt sie an.
Die Früchte ihrer Gesetzlosigkeit. An Aphrodite muss sie
denken. Geboren aus dem Blut des Patriarchen. Schützt
eure Männlichkeit.

21

AMPHION UND ZETHEUS:
Hallo. Wer sind Sie? Wie sie starrt. Hallo. Wer sind Sie.
Wer ist sie. Eine Alte nur. Eine rauchende Alte. Wie
sie qualmt. Qualmgraue Haut. Auf den Armen dunkle
Hämatome. Riecht nach Schmierseife und Schweiß.
Eine Sklavin. Hat sich in den Khitairon verirrt. Oder ist
sie geflüchtet. Hallo. Sind Sie geflüchtet? Haben Sie
etwas angestellt? Wie sie schaut. Halb fluchtbereit. Halb
angriffstoll. Sie ist nicht normal.

ZETHEUS:
Zetheus nimmt einen Stein in die Hand.

AMPHION:
Amphion nimmt Zetheus den Stein aus der Hand.

ANTIOPE:
Quecksilberdampf breitet sich aus.

AMPHION:
Sie erinnert mich an was.

ZETHEUS:
Was wollen Sie von uns.

ANTIOPE:
Amphion und Zetheus. Der Zarte und der Starke.
Ungleiche Brüder, Arm in Arm. Meine Kinder.

ZETHEUS:
Zetheus schichtet seine Muskeln auf vor der schiefen Frau.
Unsere Mutter?

AMPHION:
Unsere Mutter gibt es nicht.

ZETHEUS:
Unsere Mutter wurde verschleppt und totgequält.

AMPHION:
Doch haben wir ein Bild von ihr. Der Hirte hat es uns
gemalt.

ZETHEUS:
Es ist das Gegenbild von Ihnen. Beschreib sie, Amphion,
beschreib unsere Mutter.

AMPHION:
Unsere Mutter war schön wie ein Wunder. Eine Fluss-
nymphe war sie. Langes, welliges Haar. Tiefblaue Augen.
Haut, hell und süßwasserweich. Ein sprudelndes Lachen.

ZETHEUS:
Und da kommen Sie. Mit Ihren fehlenden Zähnen.
Mit Ihrem Putzfrauengeruch.

AMPHION:
Und behaupten, die zu sein, die uns am meisten fehlt.
Die uns geboren hat. Uns.

ZETHEUS:
Uns. Stark wie ein Zeussohn bin ich. Und er spielt die
Leier wie ein Gott.

AMPHION:
Wir haben unseren Vater nie kennengelernt.

ZETHEUS:
Aber der Shepherd sagt, dass unsere Mutter –

AMPHION:
– also die Flussnymphe Antiope – die Schönste –

ZETHEUS:
– möglicherweise –

AMPHION:
– knick-knack –

ZETHEUS:
– mit Zeus.

AMPHION:
Es gibt so Gerüchte –

ZETHEUS:
– dass wir in gerader Linie –

AMPHION:
– von Zeus abstammen.

CHOR:

Schwarze Schatten kriechen. Alles falsch. Alles verschoben. Mondlicht breitet sich aus. In der Ferne heult der Wolf. Ahuu. Den Hügel herauf wälzt sich Dirkes heißer Atem.

ANTIOPE:

Dirke naht, sagt die alte Frau und streckt ihre Arme nach den Söhnen. Magere Arme, von Hämatomen übersät. Dirke naht, ihr folgen wird Lykos, der Wolf.

AMPHION UND ZETHEUS:

Amphion und Zetheus schauen weg. An ihre schöne Mutter denken sie, an ihr schönes Mutterbild.

SHEPHERD:
So geht das nicht, Jungs. So geht die Geschichte nicht weiter. Spotlight Shepherd. Ja, jetzt rede ich. Schaut nicht zu mir. Nicht zu mir herüberschauen. Schaut zu ihr. Schaut ihr in die Augen und erkennt euch selbst. In der entflohenen Sklavin.

ANTIOPE:
Wer mich bedroht, bedroht auch euch. Wer mich bedroht, bedroht die Zukunft.

SHEPHERD:
Da kommt Dirke. Dirke, die aus euch Früchtchen Dörr- obst machen wollte. Dirke, die Gespaltene, die sich selbst nicht kennt.

AMPHION UND ZETHEUS:
Schnell schieben wir sie in die Höhle. Unsere Mutter. Den zugewandten Mond.

ANTIOPE:

Eine Wolkenwand wird vor den Mond geschoben. In eurer
Höhle sitz ich nun, Amphion und Zetheus. Welcome
home. Schon wieder hock ich drinnen. Dirke nähert sich
und Lykos folgt. Was tut ihr, wenn sie vor euch stehen?
Was wollt ihr tun im Angesicht der Macht? Wer seid ihr,
meine Kinder? Während ich Kadmeia putzte, wart ihr mit
ihm allein. Aufgezogen von dem Shepherd. Unter freiem
Himmel zwar, und doch. Und doch steht er im Dienste
des King. Was hat er euch beigebracht? Ich möchte bei
euch sein.

DIRKE:
Ihr zwei seid Hirten, oder nicht. Bewacht die königlichen
Herden. Ich bin Dirke. Eure Herrin. Gebt mir einen Stier
heraus. Ich will ihn für Dionysos. Heute Nacht opfere
ich dem Mann im Rock. Denn heute Nacht soll alles
anders sein. Nur eine Nacht und dann zurück. Auf mond-
beschienene Lichtung möchte ich. Auf diesen illegalen
Rave. Vergessen möchte ich heut Nacht. Meine Herkunft,
meinen Namen, mein Geschlecht. Ich möchte zu dem
Gott in Frauenkleidern. Zu dem Mann mit Weiberbrüsten.
Zu Dionysos. Na, los.

AMPHION:
Den Ochsen kann sie haben. Bitte schön.

ZETHEUS:
Er ist ganz zahm. Er trägt dich, wohin du willst. Bald wird
alles anders sein. Du wirst schon sehen.

DIRKE:
Wofür die Stricke.

ZETHEUS:
Dass du nicht fällst.

DIRKE:
Ihr fesselt mich.

ZETHEUS:
Wie du es mit unserer Mutter getan hast.

DIRKE:
Ihr wollt mich töten.

ZETHEUS:
Wie du uns töten wolltest.

DIRKE:
Der Stier rast los. Und Dirke fällt. Dirke fällt und ist doch festgebunden. Dirke wird in den Tod geschleift von ihrem Opfertier. Das Opfer ist sie selbst.

CHOR:

Ahuu. Da kommt Lykos. Was wird er tun. Lykos, der Wolf, kommt in den Khitairon. Er sucht Antiope, und er sucht Dirke. Noch weiß er nichts von ihrem Tod. Wir stehen fest an Lykos' Seite. The future is the past. We love you, Lykos. Chainsaw sound effect. Ahuu!

LYKOS:

Well, thank you very much. This is incredible. Many of you have travelled from all across the nation to be here, and I want to thank you for the extraordinary love. There's never been a movement like this, ever, ever. For the extraordinary love for this amazing country, and this amazing movement, thank you.

CHOR:

We love you, Lykos!

LYKOS:

Land des Kadmos! Stadt am Asopos! I know that everyone here will soon be marching over to the Kadmeia Castle to peacefully and patriotically make your voices heard.[33]

CHOR:

The future is the past! The future is the past!

---

33 Trumps Rede zum Marsch auf das Kapitol

ANTIOPE:
Ich sickere hinaus. Ich komme aus der Höhle. Ich schau
auf meine Kinder. Amphion und Zetheus lauern auf Lykos,
den Wolf. Weiter hinten Dirke. Oder das, was von ihr
übrig ist. An derselben Stelle. Da, wo sie meine Zwillinge
ablegte, um sie in den Tod zu schicken, liegt jetzt ihr
eigener Kopf. Rache. Meine Söhne haben Rache walten
lassen. Amphions und Zetheus' erster Schritt in Richtung
Macht: ein Mord. Und weil sie zwei sind, soll gleich ein
zweiter folgen. Schon reißen sie ihn vom Pferd. Schon
steht Zetheus' Fuß auf Lykos' Brust. Meine Kinder. Ich bin
da. Ich bin bei euch. Quecksilberdampf breite ich aus.
Aus dem Quecksilberdampf tritt eine winzige Gestalt hervor. Ein Baby.

HERMES:
Babyweinen

AMPHION UND ZETHEUS:
Was war das? Wo ist unsere Mutter? Leer ist die Felsenhöhle. War sie jemals hier? Gibt es sie überhaupt?

LYKOS:
Lykos gibt das Zepter ab an die beiden Jüngeren. So rettet
er sein Leben.

CHOR:
Wo ist Antiope?

Überall.

ANTIOPE:
Die Geschichte der Mutter ging verloren.
Ihre Söhne machten Geschichte.
Eine Mauer bauten sie um Kadmeia, das von jetzt an
Theben hieß.
Zetheus schleppte Stein um Stein herbei.
Amphions Leierspiel fügte diese Steine wie von selbst zu
einem Rund.
Eine Mauer aus Stein und Musik.
Aus Materie und Geist.
Eine Mauer, die Schutz ist und Einlass zugleich.
Sieben Tore hat die Mauer wie die sieben Saiten einer
Leier.
Zwei ungleiche Brüder schaffen ein gemeinsames Werk,
und dieses Werk ist nicht Krieg.
Das ist neu in Kadmeia.
Die neue Mauer schützt nicht länger nur den Drachen-
töter und seine Nachkommen.
Die neue Mauer schützt das Zarte, die Ungleichen
schützt sie.
Doch nur, solang sie nur Brüder sind.
Von derselben Herkunft, demselben Geschlecht.
Die Mauer ist auf Dirkes totem Leib gebaut.
Auf ihrem Blut fußt die Herrschaft meiner Söhne.
Die Alten sagen, es war Zeus, der mich aus Dirkes Qual
befreite.
Ich sage, es war Dirke selbst.

Indem sie mich befreite, befreite sie sich selbst.
Und musste sterben.
Ohne Lykos.
Außerhalb Kadmeias.
Alleine im Khitairon.
Mein Name ist Antiope, Tochter der Polyxo.
Der vielfach Fremden.
Antiope, der zugewandte Mond.
Die keinen Anfang findet und kein Ende, die im Kreis wandert, Zyklus um Zyklus.
Außerhalb der Mauer ist Wüste.
Hier zieh ich meine Bahnen durch den Sand.
Durch fließenden Stein.
Durch trockenes Meer.
Sie lästern.
Wahnsinnig ist Antiope.
Von Dionysos gestraft.
Und wenn's so ist.
Wenn mein Wahnsinn dionysisch ist.
Von der Art, dass zusammenfließt, was die Mauern trennen.
Dann leb ich gern im Wahn.
Meine Söhne wurden Herrscher.
Meine Söhne schrieben Geschichte.
Gemeißelt in das Gedächtnis der Welt.
Doch meine Geschichte fließt.
Sie hat keinen Anfang und kein Ende.
Das macht den Wölfen Angst.
Um wiederzukommen, bin ich gegangen.
So wie ich es schon einmal tat.
Und immer wieder tun werde.
Zyklus um Zyklus.
Bis Aphrodite sich erhebt.

CHOR:
Ahuu. Lykos hasst, wonach er sich sehnt.

ANTIOPE:
I am fucking moonlight.

QUELLEN

1   Aus »Die böotischen Diskuren« in »Griechische Mythen« von
    Marie Luise Kaschnitz, Deutscher Taschenbuch Verlag 1979

2   »Molti nemici, molto onore« geht auf Mussolini zurück und
    ist in die Böden der faschistischen Bauten des »Foro Italico«
    in Rom eingelassen (https://it.m.wikipedia.org/wiki/File:
    Molti_nemici1.jpg), letzter Zugriff 20.11.2024

    Innenminister und Vize-Präsident Matteo Salvini
    benutzte das Zitat an Mussolinis Geburtstag in einem
    Post auf X am 29.07.2018 (https://x.com/matteosalvinimi/
    status/1023500457229070336?lang=deS.), letzter Zugriff
    20.11.2024

3   »Römischer Gruß« bei einer neofaschistischen Versammlung
    in Rom am 04.01.1924 (https://www.tagesspiegel.de/inter-
    nationales/rechter-arm-in-die-hohe-hunderte-zeigen-faschis-
    ten-gruss-in-rom-11017318.html), letzter Zugriff 20.11.2024

4   Zitate aus Putins Rede zum Wagner-Aufstand, ausgestrahlt
    vom russischen Staatsfernsehen am 24.06.2023 (https://
    www.zeit.de/politik/ausland/2023-06/wladimir-putin-rede-
    gruppe-wagner-russland), letzter Zugriff am 20.11.2024

5   Trump-Zitat von HuffPost auf X am 27.09.2016 (https://x.
    com/HuffPost/status/780584937783226370), letzter Zugriff
    am 20.11.2024

6   Großgrundbesitzer und Bolsonaro-Unterstützer in Brasilien
    verabredeten sich in einer WhatsApp-Gruppe zum »Tag
    des Feuers« (https://globorural.globo.com/Noticias/noticia/
    2019/08/grupo-usou-whatsapp-para-convocar-dia-do-
    fogo-no-para.html), letzter Zugriff am 20.11.2024

7   Räumungsanordnung Hambacher Forst (https://taz.de/
     Raeumung-im-Hambacher-Forst/!5535628/), letzter Zugriff
     20.11.2024 (https://fragdenstaat.de/anfrage/erlass-
     brandschutz-raumung-hambacher-forst/380581/anhang/
     hambacher_forst_o.pdf), letzter Zugriff 20.11.2024

8   Zitat der ehem. Gouverneurin von Alaska, Sarah Palin
     (https://www.youtube.com/watch?v=seXMIHgMFj8), letzter
     Zugriff 20.11.2024

9   Trump-Zitat aus einer TV-Debatte mit Joe Biden 2020
     (https://www.youtube.com/watch?v=ecBYR8By9KE), letzter
     Zugriff 20.11.2024

10   Mussolini-Zitate nach Emil Ludwig aus »Mussolinis
     Gespräche mit Emil Ludwig«, Paul Zsolnay Verlag bei Projekt
     Gutenberg (https://www.projekt-gutenberg.org/ludwige/
     mussolin/mussolin.html)

11   Zitat aus Sarah Palins Rede bei der »Republican National
     Convention« am 03.09.2008 (https://archive.nytimes.com/
     www.nytimes.com/elections/2008/president/conventions/
     videos/transcripts/20080903_PALIN_SPEECH.html?ref=in-
     dignity.net), letzter Zugriff 20.11.2024

12   Zitat aus einer Rede von Giorgia Meloni (https://www.you-
     tube.com/watch?v=DO5oT25zpes), letzter Zugriff 20.11.2024

13   Ceaușescu-Zitat, Wendell Steavenson in The Guardian
     vom 10.12.2014 (https://www.theguardian.com/news/2014/
     dec/10/-sp-ceausescus-children), letzter Zugriff 20.11.2024

14   Trump-Zitat aus einer Kundgebung in Akron, Ohio (https://
     www.youtube.com/watch?v=SOQ6fqbdUPo), letzter Zugriff
     20.11.2024

15 Zitate aus »Mussolinis Gespräche mit Emil Ludwig«, s.o.

16 Slogan der ultrarechten, schwedischen Multimedia-Company »Red Ice« (https://redice.tv/), letzter Zugriff 20.11.2024

17 Die Kettensäge diente als Wahlkampf-Symbol des argentinischen Präsidenten Javier Milei (https://www.youtube.com/shorts/OU7GFeFk-A4), letzter Zugriff 20.11.2024

18 Inspiriert von Mileis Rede in Davos am 18.01.2024 (https://www.casarosada.gob.ar/informacion/discursos/50736-palabras-del-presidente-de-la-nacion-javier-milei-en-el-evento-del-foro-economico-mundial-buenos-aires), letzter Zugriff 20.11.2024

19 Zitat aus Trumps Rede vom 06.01.2021 vor dem Sturm auf das Kapitol (https://edition.cnn.com/2021/02/08/politics/trump-january-6-speech-transcript/index.html), letzter Zugriff 20.11.2024

20 Zitat aus Wladimir Putins Kriegserklärung am 24.2.2022 (https://zeitschrift-osteuropa.de/blog/vladimir-putin-ansprache-am-fruehen-morgen-des-24.2.2022/), letzter Zugriff 20.11.2024

21 Zitat aus Trumps Rede vom 06.01.2021, s.o.

22 Zitat aus Putins Kriegserklärung vom 24.02.2022, s.o.

23 Zitat aus Mussolinis Kriegserklärung vom 10.06.1940. (https://www.youtube.com/watch?v=1Ya3klS0Ux8), letzter Zugriff 20.11.2024

24 Zitat aus Statement zum Krieg von Benjamin Netanyahu am 28.10.2023 (https://www.gov.il/en/pages/statement-by-pm-netanyahu-28-oct-2023), letzter Zugriff 20.11.2024

25 Zitate aus Mussolinis Kriegserklärung vom 10.06.1940, s.o.

26 Zeile aus der Hymne »Divina Patria« (https://www.youtube.com/watch?v=mLzEXDvVW0c), letzter Zugriff 20.11.2024

27 Andromeda-Felsen in Israel (https://de.wikipedia.org/wiki/Andromeda-Felsen), letzter Zugriff 20.11.2024

28 Die ultrarechte Kongress-Abgeordnete Marjorie Taylor Greene 2023 bei der »Conservative Political Action Conference« (https://www.c-span.org/video/?526366-15/rep-marjorie-taylor-greene-speaks-cpac), letzter Zugriff 20.11.2024

29 Die ultrarechte Abgeordnete Lauren Boebert in einer Rede gegen »Wokekism« (https://www.youtube.com/watch?v=9MBw2dO3lOk&t=3s), letzter Zugriff 20.11.2024

30 Trump-Zitat aus einem Interview mit Bret Baier (https://www.youtube.com/shorts/9GtdtMEXwEM), letzter Zugriff 20.11.2024

31 Zitat aus »Mussolinis Gespräche mit Emil Ludwig«, s.o.

32 Aus einer Reportage von Albrecht Betz zum italienischen Futurismus am 31.10.2010 (https://www.deutschlandfunk.de/der-neue-mensch-im-italo-faschismus-100.html), letzter Zugriff 20.11.2024

33 Aus Trumps Rede vom 06.01.2021, s.o.

BILDNACHWEISE

Die sechs Illustrationen in Schwarz-Weiß sind Originalbeiträge für dieses Buch © Ari Schruth

Die beiden Fotos auf den Seiten 13 und 88 zeigen die Künstler:in Inbal Perlmuter (1971–1997) © Ronen Lalena

Die beiden Fotos auf den Seiten 27 und 49 zeigen Pussy Riot und Pink bei Auftritten © Getty Images

DANK AN

das Schauspielhaus Hamburg für den Auftrag und die Idee,
an Ari, the arm, für die Zeichnungen und die Freundschaft,
an Levli für hacol, an Sasha Rau für die Durchlässigkeit,
die Stimme, die Antiope, an Moony für die moonlit inspiration,
an Ruth Feindel für das sorgfältige Lektorat und überhaupt.

Anne Jelena Schulte wurde in Berlin geboren, wo sie aufwuchs und nach Stationen in Argentinien und Israel wieder lebt. Ihre Stücke hat sie u.a. für das Deutsche Theater Berlin, das Maxim Gorki Theater Berlin, das Schauspiel Leipzig, das Schauspielhaus Hamburg und das Theaterhaus Jena geschrieben. Parallel arbeitet sie in freien Gruppen wie der Armada of Arts. Sie sucht das Spiel mit den Formen, die sie je nach Inhalt immer wieder neu definiert. So bewegen sich ihre Theatertexte zwischen Komödie, Dokumentartheater und musikalisch überhöhten Textflächen.

Ari Schruth ist ein in Berlin geborener Bühnen- und Kostümbildner* und interdisziplinärer Künstler*, der Kostüm- und Bühnenbild an der Hochschule für Bildende Künste Dresden studiert hat und als Gründungsmitglied der Armada of Arts, eines künstlerischen Aktionsbündnisses von FLINTA*-Personen, zahlreiche Projekte realisierte. Neben Bühnen- und Kostümbildern entwirft er* auch Skulpturen, Installationen und kleine Kunstwerke, schreibt, malt und performt.